EL SINO

Joaquín Dicenta

Desde su nacer fué desafortunado aquel sabio infeliz. Casi estoy por decir que antes de nacer lo era ya. Le cupo suerte de gemelo y, si por los consiguientes se juzgan los antecedentes, es muy presumible que en el claustro materno le tocara la habitación peor.

Vino á esta existencia el segundo. Todos los gestos y exclamaciones de alegría hechos por los padres al advenimiento del primer hijo, trocáronse en gestos de contrariedad y exclamaciones de disgusto al presentarse el otro. No eran ricos los padres y aquella propina filial les amargó el buen parto.

Á más de ello, si el primer hijo era robusto y mantecoso, era el segundo pellejoso y enclenque. El médico tuvo que propinarle una tanda de azotes para que rompiese á llorar y llorando empezara á vivir, como empezamos todos.

En su bautizo calentó el agua de más el monaguillo, y cargó la mano en la sal el cura; de modo que le achicharraron la piel y le pusieron la boca como tocino rancio. Á poco si la madrina le deja caer al suelo; á poco si le asfixia el padrino al atarle los cordoncillos de la gorra. Por lo que hace á nombre le pusieron Anatolio, sin más añadiduras.

No podía la madre nutrir á los dos vástagos. Al primer nacido le tocó el pecho maternal. Para el segundo buscaron ama; y como las de fuera de casa resultan, al parecer, más económicas, escogieron para Anatolio una de extramuros. Allá fue el pobre chiquitín, á una casuca de Tetuán de las Victorias, donde era sucio todo, desde el pezón de la nodriza, lleno de mugre y costras, hasta las ropas de la cama, bordadas de churretes y pespunteadas de insectos.

No fué vida la del pobre Anatolio en el tugurio aquel; martirio de criatura fué en potro de inmundicias. Los pañales se le mudaban, si se le mudaban, una vez por día, para ahorrarse gasto de jabón -que si es bueno cobrarlo, es aun mejor no consumirlo.- En brazos de la nodriza apenas estuvo. Unas veces encima de la cama, otras, y eran las más, en el santo y no limpio suelo, le dejaban patas arriba, dándole, para entretenimiento de ojos, las telarañas que decoraban la techumbre, y para engaño de la boca, una muñequilla de trapo, remojada en un cierto menjurje, indigesto y dulzón.

De teta no hay que hablar; por milagro le ponían á ella. Después de todo, igual era ponerle que no ponerle, á los efectos nutritivos. Andaba muy escasa de leche la mala criadora. Á bien que para suplir las escaseces del jugo natural, abundaban los cucharones de sopaza, los barros harinosos y aun las tiras de arenques, que el chicuelo chupaba y rechupaba, en aumento de su sed y detrimento de su estómago. Claro que, con tales potingues, salía Anatolio á indigestión diaria; claro que á cuenta de medrar desmedraba á ojos vistas; y claro que los padres -¡si sería grande el desmedro!- lo echaron de ver y decidieron cambiarle de ama.

Si la primera era sucia, era la segunda borracha, la tercera andariega, la cuarta, ejemplar de malos humores... Así recorrió ocho amas en catorce meses y no reventó, con tan malos tratos y continuas mudanzas, porque á mayores le traía reservado el Destino.

Destetado -es ello un decir- á los catorce meses, ingresó en el domicilio paterno. Parejo andaba, en lo estrujado y mal oliente, con los famosos arencones que le entretuvieron el hambre:

-¡Un asco de niño!- según exclamaron los padres cuando le recibieron. Mejor fuera para Anatolio seguir en poder de las seudo-nodrizas, que volver al hogar de sus engendradores.

En los casucos, donde avecinaban aquéllas, no había luz, ni aire, ni higiene; era la suciedad señora, la escasez despensera, la indigestión perpetua enfermedad. Ni buena leche, ni aseados pañales; una tarima con oficios de cuna y unas vigas entelarañadas, por todo cielo que mirar.

En casa de los padres cuidaban unas miajas mejor la alimentación, la limpieza, el aire y la luz; en cambio, había un hermanito, comparados con el cual, todos los elementos martirizadores que combatieran á Anatolio fuera de su casa, eran una bendita gloria.

Este hermanito, cuyo nombre era Antonio, había acaparado todo el cariño que los padres debieron honradamente distribuir entre Anatolio y él. Nutrido al pecho maternal; creciendo hora á hora entre los brazos de la madre y entre las caricias del padre, fué hora á hora también, apoderándose de sus corazones; de suerte que Anatolio al entrar en su casa resultó para los padres un extraño y para el hermano un objeto de envidia, cuando no un maniquí de entretenimiento y torturación.

Á fe que Antoñito era maestro en lo de torturar. Á falta de perro ó de pájaro allí estaba Anatolio, puesto siempre á disposición del minúsculo Torquemada.

Unas veces tocábales á los cabellos de Anatolio el oficio de riendas. Á ellos se asía el Benjamín con las dos manos y de ellos tiraba sin cuidarse él, y sus padres tampoco, de los gritos y contorsiones que arrancaban á la víctima los repelonazos; otras veces correspondía el turno á las orejas; algunas á los ojos; no pocas á labios y narices. Todo el muñeco vivo servía á los caprichos del insaciable Neroncete. ¡Y ay del muñeco vivo si resistía ó protestaba!... Unos buenos azotes y nuevamente á poder del hermano. Éste lloraba si le quitaban el juguete. No era cosa de que vertiera lágrimas y se estropeara los ojos un chiquillo tan guapo.

Anatolio era feo. Como la belleza entra por mucho en esto del afecto y las simpatías, faltábanle los de los extraños y también los de sus padres propios. Hay padres para todo. Á los de Anatolio hacíaseles caso de oprobio y de vergüenza el haber engendrado sujetillo tan ruín; y el engendro pagaba el delito de la imperfecta engendradura.

Si esto ocurría con los padres, ¿qué iba á ocurrir con las visitas y parientes? Que todas sus caricias, arrumacos y ferias eran para Antoñito. Á Anatolio que le partiera un rayo. ¡Así le hubiese partido en temprana edad! Fuera favor del cielo; pero, tratándose de aquel chico, ni el mismo cielo estaba por hacerle favores.

Despreciado de los suyos, maltratado por los ajenos, sin ver en nadie cariño ó atención, creció la infeliz criatura. Aquel vivir triste, aquel mirarse á todos y por todos pospuesto, cristalizaron en su pensamiento la idea de que su desdicha era, no desdicha, sino suceso natural, ley divina, á la cual necesitaba someterse.

De acuerdo con la idea fueron las acciones del chico. Humilde, resignado, paciente, todo lo sufría sin protesta; á todo servicio estaba pronto. Ni una vez siquiera se revolvió contra la crueldad fraterna; ni una hizo mala cara al desabrimiento de los padres. Acaso había en ocasiones relámpagos de tristeza en sus ojos; nunca faltó en sus labios la sonrisa dulce que han puesto en boca de sus mártires los pintores cristianos.

No vale decir si los padres cuando fué hora de poner los niños en maestro, guardarían sus desvelos y ahorros en beneficio de Antoñito.

A un buen colegio le mandaron. Digo bueno, porque si en él dejaba la enseñanza mucho que desear, el cobro no dejaba nada que apetecer á los enseñadores. Para Anatolio buena estaba la escuela gratuita. En ella entró con las botas rotas y el delantal sucio, mientras su hermano entraba en el colegio con botas nuevas, delantal limpio y cartera de bruñido cuero y de reluciente hebillaje.

Era Antonio desaplicado; su inteligencia dejaba mucho y hasta muchos que desear; pero como en estos colegios de buen pago, mientras se paga bien, no conviene perder alumnos, es decreto que todos resulten maravillas.

No es ello crítica de maestros. Á la mayor parte signifícales la enseñanza un medio de vivir como otro cualquiera. Cada uno debe y necesita vivir lo mejor posible. Mientras haya padres necios que con exterioridades se engrían y con premios, cintajos y medallitas satisfagan, bien hacen los maestros explotando su necedad. Al fin y á la postre de los tontos se vive en este mundo y aun, aun haciendo promesas para el otro.

Siendo de tal hechura el colegio donde metieron á Antoñito; siendo sus padres capaces de todo sacrificio y halago para quienes les pintaran al muchacho como ángel de sabiduría, inútil es decir que premios, y cintas y medallas llovieron como lluvia abrileña sobre el educando.

Al otro, en escuela gratuita, con maestros que apenas tenían si comer, no le tocaban premios, por la sencillísima razón de que no los había; pero es lo cierto que el muchacho era listo y trabajador, y aprendía mucho más y más bien que de los métodos y elementos educativos, empleados allí, debía justamente esperarse.

Especialmente para matemáticas y geografía era un prodigio el menguado Anatolio. Cúpole en suerte un maestro viejo, á quien desdichas de la profesión trajeron á maestro de colegios gratuitos. En otros mejores anduvo; en implantar uno á la moderna gastó sus pocos ahorros. Cerrólo por falta de discípulos, mejor dicho, de padres de discípulos que quisieran entrar por la vía de hacer á sus hijos hombres y no loros, y acogióse á una escuela municipal como náufrago á tabla.

Se encariñó el maestro con el discípulo; pagó éste con creces cariño y enseñanzas, y á los catorce años podía tenérselas tiesas con Aristóteles y Copérnico, refundidos.

Poco valieron estos méritos de Anatolio frente al juicio estrecho de sus padres.

-¿Qué servía el ingnorantón de Anatolio, comparado con Antoñito, que era bachiller, y al año siguiente emprendería la carrera para ser deslumbre del Foro? Nada ó casi nada. Aquel calabacín había dado de sí cuanto debía dar. ¿Tenía buena letra y sabía dé cuentas? Pues á encontrarle un empleillo y que se las buscase como Dios le diera á entender.

¿Un empleo? ¿Dónde encontrarlo? El viejo maestro se lo proporcionó, humilde pero suficiente á cubrir sus necesidades, en la Secretaría de un centro pedagógico. Allí prestaría útiles servicios y podría dedicarse á aquellos estudios propios de sus aptitudes y aficiones.

Dicho y hecho. Anatolio entró en la Secretaría con «dos cincuenta», y á vivir.

El mismo día y casi á la misma hora anunciaban los padres á todos sus conocimientos que Antonio «entraba por el primer año de leyes».

CAPÍTULO II

Presidía el centro pedagógico donde emplearon á Anatolio, un astrónomo del Observatorio matritense, hombre de tantos años como ciencia.

Tenía los cabellos color plata de luna, cual si los rayos de ésta hubieran echado raíces en la cabeza de su fervoroso observador; los ojos redondos, claros y sus miajas convexos, como lente de anteojo; la nariz, recta, delgada, muy en punta, parecía un compás. ¿Cuándo se abrirá para medir? decía uno al mirarla; las arrugas innumerables del rostro resultaban, por el dibujo, mas que arrugas, fórmulas algebraicas; el cuerpo era menudo; al andar movía los brazos con movimiento de alas: creyérasele dispuesto á volar en busca de los espacios siderales. En resumen, un buen señor con alma grande y noble, digna de otros planetas.

Prendóse de Anatolio el sabio, no por otro motivo que hallar en él felicísimas disposiciones para la ciencia astronómica de que el sabio había hecho su religión, y se dispuso á protegerle y á darle carrera en consonancia con sus bien manifestadas aptitudes.

Al primer fin, viendo que el mozo, á quien sus padres habían puesto en la del rey, para domicilio, alimentación y traje no tenía más que las dos cincuenta, le brindó hospedaje en su casa y le regaló los desechos de su vestuario. Suerte que era el beneficiador tan enclenque como Anatolio. Por tal causa pudo éste aprovechar el desecho de trajes y zapatos. No ocurrió igual con los sombreros. La cabeza del astrónomo era por su tamaño y por su redondez, una esfera armilar.

En lo que toca á profesión, siendo la de don Lucas la que iba Anatolio á seguir, no precisaron universidades y maestros. Con el de la casa bastaba y aun sobraba á las veces. Era exigente el profesor, y solía poner con sus exigencias en tortura el buen intelecto y la buena voluntad del discípulo. Bien instruído, bien alimentado y alojado, y si no bien vestido, vestido, que ya es algo para andar por las calles en esta época extraparadisíaca, nada le faltaba á Anatolio. Hasta le sobraban las dos cincuenta. Traducidas eran semanalmente en ahorros sobre una libreta del Monte de Piedad.

Hubiera sido el mozo completa y absolutamente feliz, si en el mundo ello resultara posible. De entretenimiento le servían, que no de ocupación, el limpiar los instrumentos del maestro, el cepillarle la ropa, el prepararle agua para la diaria rasuración y el oír los discursos que enjaretaba antes de dormirse, á propósito de Marte, de Venus, de Júpiter, de Sirio, de esta estrella ó de otra; de este ó de aquel sistema planetario.

Hubiera sido totalmente dichoso Anatolio sino contrastasen y chocaran algunas veces las condiciones privativas de su carácter con las del carácter de D. Lucas.

Era Anatolio linfático, sedentario, pasivo; era D. Lucas todo nervios, acción e inquietud. Anatolio tenía naturaleza de caracol ó de ostra; la casa, el domicilio significaban para él lo que la concha para aquéllos. Á serle posible hubiera ido á todas partes con la casa á cuestas como el caracol ó la hubiera entreabierto, nada más que entreabierto para ver lo que fuera ocurría, como hace la ostra con sus valvas.

D. Lucas, por el contrario, no hallaba jamás un domicilio conveniente.

¿Por afán de comodidades materiales? No. Las comodidades materiales eran para el astrónomo pura y despreciable superfluidad. El toque de sus inquietudes y mudanzas domiciliarias estaba en otros puntos.

El Observatorio de Madrid significaba para D. Lucas el templo abierto, la catedral donde todos los sacerdotes astronómicos realizaban los oficios sacros del culto en noble comunión; pero así como necesita el místico de un lugar oculto, de una recóndita capilla donde abrir sin testigos las alas del espíritu y comulgar con Dios, necesitaba el sabio también capilla hábil para su deliquios siderales.

Á esto, á la precisión de encontrar capilla digna de su misticismo astronómico, debíanse las incesantes mudanzas de D. Lucas. Quería él domicilio sin vecindad, en el campo, naturalmente, libre de boscajes y de montículos, que le entorpecieran los disfrutes del paisaje celeste; y quería en aquella vivienda una azotea alta, lo más alta posible para saludar desde su remate, anteojo en mano y pupila en anteojo, á todos los mundos brilladores que temblaban sobre el espacio azul.

Ninguna capilla le parecía buena al objeto de sus oraciones astronómicas. Al poco tiempo de alquilada una casa desechábala por inservible. Era preciso buscar otra y ¡hala!... ¡Anatolio! ¡Avisa el carro de mudanza! ¡Anatolio, enfúndame los instrumentos!... ¡Anatolio, mete la ropa en las maletas!... ¡Anatolio, cierra los armarios!... ¡Sube, Anatolio!... ¡Anatolio, baja!...

Y el pobre Anatolio, el hombre ostra, la criatura caracol, iba de un lado á otro y de este barrio á aquel, no echando maldiciones, el muchacho era incapaz de maldecir, pero sí dándose á todos los cometas que, por rabudos, algo tienen de diablos.

En fin, y mudanzas aparte, era dichosa la existencia del astrónomo en perspectiva.

Poco á poco, sin perder uno, ganó todos los cursos y llegó al término de su carrera; los ganó con notas de sobresaliente, con premios y matrículas y título de honor. D. Lucas gozaba cada triunfo del discípulo tal que si fuera propio. Al terminar su carrera Anatolio, halló el maestro forma de que entrara en el Observatorio y fuera dentro de la iglesia un sacerdote más.

Como el joven apenas tuvo precisión de tocar el sueldo del centro pedagógico, ascendían sus ahorros á algunos miles de pesetas cuando terminó la carrera, y cambió su jornal de escribiente por un jornal de sabio. El jornal de sabio consistía en cinco pesetas diarias. De algún modo han de pagarse tantos años de estudio.

Todo llega en el cielo de arriba y en la tierra insignificante de abajo, y le llegó á D. Lucas la hora de morir.

Fué ésta durante una noche estival que entoldaban blancas nubecillas, coloreadas de tiempo en tiempo por la luz del relámpago. Las estrellas temblaban misteriosamente en el cielo; la madre luna en toda su nacarina plenitud, paseaba lentamente el espacio.

-Anatolio -dijo D. Lucas que llevaba cuatro días en cama,- esto concluye; se me acabó el fuego central; dentro de algunas horas entraré en la categoría de los cuerpos difuntos. No vale apurarse. Ni los astros son eternos; ¡para que lo sean los hombres! Ahora sí, no quiero que se extinga mi luz sin dar un adiós último á los amigos de allá arriba. Con que, ayúdame; subiremos poco á poco esas escaleras y desde la azotea me despediré de este mundo nuestro y de los otros.

Excusado es decirte -añadió D. Lucas- que cuanto poseo, mis instrumentos, mis apuntes y las bagatelas de mi casa, te pertenecen. Como á hijo te miré, y como á hijo te lego toda mi fortuna. No encontrarás mucho dinero, pero encontrarás algunas fórmulas curiosas».

Y fué allá arriba, sobre la azotea, bajo el cielo claveteado con estrellas, en presencia de la luna blanca y amorosa, donde el sabio se fué extinguiendo poco á poco, sin convulsiones, sin espasmos, con majestuoso y dulce agonizar.

Puestos los ojos en la Diana de los poetas, seguía sonriendo su curso. Con los ojos de par en par abiertos quedó el maestro al morir; en ellos tembló durante unos segundos la imagen pálida de la luna. Hubo un silencio augusto bajo el cielo azul.

La madre luna envolvió al muerto con una mortaja de alabastro.

CAPÍTULO III

¿Cuáles sucesos habían ocurrido durante aquellos años en el domicilio de Anatolio que éste muy de tarde en tarde visitaba?

Antoñito, el apreciable Benjamín, respondiendo cumplidamente á las promesas infantiles, salió un perfectísimo granuja.

Embobados trajo á sus padres durante mucho tiempo con charlas engañadoras y con trampas estudiantiles. Unas y otras llevaban por objeto exclusivo sacar á los padres dinero y encubrir suspensos y pérdidas totales de curso.

Para lo de sacar dinero siempre tenía á mano un libro nuevo, un repaso hecho, secretamente, con cualquier profesor, un centro ó sociedad estudiantil de la cual, por supuesto, le habían nombrado presidente... Recursos de esta índole nunca faltaban al pícaro holgazán, para saquear las arcas paternales.

Ocasiones hubo en que no bastándole con los engaños, recurrió al hurto franco y al empeño de objetos y prendas valorables.

Cuando hurto ó pignoración eran descubiertos, reñía el padre, lloraba á moco tendido la madre, el mozo se deshacía en prometimientos de enmienda y todo concluía en paces. Antonio echaba escaleras abajo encogiendo los hombros, y los padres exclamaban casi, casi á dúo: «Después de todo mientras el muchacho haga bien sus estudios no hay que tomarlo por lo heroico. Esas y otras calaveradillas son propias de la edad».

¡Los estudios!... Para los padres exclusivamente llevaban camino franco los de Antonio. Por la cuenta de ellos andábase el mozo en el quinto año; por la del mozo y los profesores del mozo no había pasado del primero.

Hábil en raspar y enmendar papeletas, certificados y matrículas, llevaba al domicilio todos los junios una carga de sobresalientes. Eran ellos suspensos en la realidad. Los infelices padres tragaban el anzuelo y ya veían á su Antonio siendo asombro de estrados, procuradorías y audiencias.

Asombro sí era. No precisamente de claustros, aulas y profesores, pero sí de billares, de garitos y de tahures. Conocía y ejercitaba maravillosamente todos los juegos de naipes, así los carteados como los de azar y de envite; daba gloria en carambolas, treinta y cuarenta y una, morito, platillo y demás lances de billar; bailaba como un organillero, y en las casas públicas declarábanle hijo adoptivo la alcahueta, chulo las mancebas y compañero los rufianes. Un encanto de mozo.

Vino al cabo lo de averiguarse sus trapacerías. Toda la casa fué llanto y desazón.

Quisieron los padres refrenar al mancebo, y mejor lo hicieran callando. Antonio, rompiendo la máscara de su hipocresía, hizo frente á las represiones y hasta llegó en sus réplicas á la amenaza, con gran dolor de sus progenitores, que habiéndole educado para ser malo se asombraban de que lo fuera. -¿Qué hacer ahora de él? - exclamaban los padres.- ¡Tanto tiempo perdido!... ¡Tanto dinero gastado inútilmente! ¡Quién lo pensara!... ¡Esto es horrible! ¡No podía ocurrirnos otra cosa peor!

Sí que podía; y ocurrió.

Sabía Antonio que su padre guardaba dentro de un armario, en una cajita de hierro veinte mil pesetas, único y definitivo capital para la próxima vejez, y cierta noche descerrajó el armario, hizo propia la caja y tomó las de villadiego con el propósito, fielmente cumplido, de volver la espalda á su hogar y no ocuparse más de los suyos.

Al padre le trajo el disgusto una paralisis, dejándole inútil para todo trabajo; quedó la madre punto menos que lela, y la miseria entróse por aquel hogar como dueña y señora.

Entonces, sólo entonces, se acordaron los buenos padres de Anatolio. La voz de la sangre habló en ellos pidiendo á gritos la presencia del hijo ausente y olvidado. Noble y santa voz de la sangre ¡qué á tiempo sabes hacerte oír!

Muerto era ya D. Lucas cuando acaecieron estas cosas. Anatolio acudió donde le llamaron, y puso á réditos de la enfermedad y de la vejez de sus padres los ahorros y la paga.

Después de todo era su obligación. Así lo pensaban los padres y Anatolio también.

La libreta del Monte de Piedad se hizo humo entre cuentas de médico, recetas y cuidados precisos á la manutención de los dos enfermos. Menos mal que la muerte se encargó de llevarlos en tiempo oportuno para que la paga del astrónomo no cayese en manos de usureros.

Con diferencia de unos meses se verificaron los dos entierros.

Al concluir el último, un pariente de éstos que sólo aparecen en las casas cuando hay muerto ó recién nacido ó casado, echó los brazos al cuello de Anatolio y le dijo entre sollozos que parecían naturales:

-¡Ay, Anatolio!... Tu desgracia es muy grande. Nada como un padre y como una madre. Hace dos meses perdiste á la primera; hoy al segundo pierdes. Hoy te quedas solo en este mundo.

Anatolio creía que cuando quedó solo en este mundo fué al morir D. Lucas, pero no quiso llevar la contraria al pariente.

CAPÍTULO IV

Al igual del maestro consideraba su carrera una religión el joven astrónomo y á ella dedicaba toda su actividad. Su casa era la torre del Observatorio; su balcón el anteojo, sus paisajes los dibujados sobre fondo azul por las constelaciones.

¡Qué dicha la suya cuando en las noches estrelladas, de cara á cara con el infinito, iba recorriendo anteojo en diestra el mundo sideral para la mayor parte de los hombres todo incógnitas y misterios, para él todo claridad y sencillez!

Como el piloto dirige su barco de uno en otro océano, dirigía él su anteojo por los océanos celestes, sondando las profundidades, huyendo los escollos, llegando siempre al puerto luminoso donde le llevaban sus observaciones.

Una vez en puerto, es decir, una vez anclada su lente en el astro de escala, qué deliciosas excursiones realizaban los ojos de Anatolio por la superficie aquella.

La luna, diosa pálida á quien los poetas dedican endechas melancólicas, era para Anatolio planeta despreciable, criatura muerta, sin alma, puesto que atmósfera y calor la abandonaron para siempre. Luego muy conocida; apenas si quedaba en su organismo cosa á descubrir. Así es que cuando el anteojo se detenía sobre la redonda esponja de alabastro, el astrónomo lo empujaba desdeñosamente y seguía su viaje pasando con indiferencia por Marte, por Venus, por Saturno, por todo nuestro sistema planetario. Eran amigos antiguos y no precisaban cortesías extremas.

Allá, lejos, muy lejos, donde las nebulosas van, por los méritos del anteojo, descomponiéndose en astros y más astros, era hacia donde rumbaban sus navegaciones constelares; y aun iba más allá, siempre más allá, buscando estrellas nuevas, como busca tierras ignotas el navegante, perdiéndose en los océanos lechosos de arriba como se pierde en los hielos del polo el descubridor ansioso de alcanzarlo.

Quien viera al astrónomo en sus horas de observación, no le reconociera.

El jovenzuelo enclenque, de rostro paliducho y de encogidos ademanes; la débil criatura que no se atrevía á mirar á nadie, sufría una espléndida transfiguración.

Resplandecían sus ojos con fulgor entusiasta, una terca voluntad se exteriorizaba en las arrugas de su frente; el rostro adquiría calor, energías la boca, fortaleza los músculos, temblores anhelosos las manos, grandeza total la insignificante figurilla. Imagen de conquistador parecía, examinando el campo de batalla, disponiéndose para el combate.

¡Y qué hermoso campo de batalla! ¡Qué divino espectáculo el del infinito repujado de estrellas!... ¡Qué sueños tan hermosos los de Anatolio, cuando cerrando los párpados, viendo con las pupilas de su imaginación, se consideraba transportado á un punto imaginario, desde el cual podía contemplar de una vez y de un solo golpe el espacio del firmamento comprendido entre la cruz del Sur y la estrella del Norte! ¡Sublime océano sideral aquél donde millones y millones de estrellas resplandecían como faros indicadores de otros tantos mundos, que andando los siglos se pondrían en relación directa, en directas comunicaciones, como lo están hoy los pueblos de la tierra, de este planeta misérrimo y defectuoso que gira y regira, mendigando un poco de lumbre en rededor del sol!

¡Visiones de poeta en las cuales se confundían la quimera con la realidad, eran las de Anatolio entonces! ¡Prodigiosas visiones por obra de las cuales llegaba á creer á los astros ojos de fantásticas criaturas que en la profunda noche le contemplaban amorosas, tendiéndole sus brazos, hechos con temblores de luz!

Así como el poeta materializa sus impresiones en estrofas armónicas sobre una cuartilla de papel, en cuartillas materializaba las suyas Anatolio, escribiendo fórmulas algebraicas, trazando letras, y números y signos.

Aquellas fórmulas, incomprensibles para los ignorantes, eran para Anatolio, para los como él iniciados en el lenguaje de la astronomía, estrofas del poema del infinito, canciones de otros espacios y otros mundos, que iban desarrollándose sobre un pentagrama de mases y menos, de raíces cúbicas y cuadradas, de puntos y de líneas.

No cambiara Anatolio sus cuadernos algebraicos y geométricos por los cuadernos de poeta ninguno vivo; y no cambiara los manuscritos originales de su maestro por los del propio Alghieri, si alguien le propusiera el trueque. Como todo tiene sus contras, aquel vivir en perpetua relación con los astros, había hecho del joven un hombre perfectamente inútil para la vida terrenal.

A tropezones andaba por la tierra Anatolio. Del vivir práctico no se le alcanzaba palabra. Afortunadamente, en lo que toca á bienandanzas materiales se conformaba con tan poco que podía dejarlo en cero. Su mezquino sueldo bastaba á las necesarias urgencias. Siéndole igual que fuera dura ó blanda la cama y blandos ó duros los garbanzos del cocido diario, siempre hallaba quien, por módico estipendio, diese alojamiento á su persona; y siéndole iguales también el corte y la condición de las ropas, tampoco le era difícil hallar sastre en razones de economía.

Después de todo, ¿qué se le daba á él de terrenas comodidades? Él casi no pertenecía á la tierra. Era un sujeto sideral encadenado á nuestro mundo por equivocación.

Pero su cadena le permitía ascender á la torre del Observatorio. Una vez en ella podía volar, volar siempre, cada vez más alto. á lo alto miraba, sin bajar nunca los ojos á la tierra.

Un día los bajó.

Era un crepúsculo de Mayo. Anatolio atravesó la puerta del Observatorio y tomó rumbo hacia el Retiro.

Tarde primaveral aquella, hablaba á la sangre de remozamientos y á los nervios de voluptuosidad. Como oro en polvo cernían las hojas los rayos postrimeros del sol; un airecillo suave vibraba en la atmósfera, empapada en perfumes de flores y de hierbas; cantaban los pájaros sobre las ramas verdes, desprendíase de la tierra húmeda, un fuerte olor de engendramiento...

Anatolio, caído, mejor que sentado, en un banco, respiraba á pleno pulmón aquella atmósfera saturada de gérmenes; sus ojos seguían el picotear de dos mirlos que se cortejaban entre el césped; los jilgueros se enviaban de un árbol á otro amorosas endechas; en un estanque próximo roncaban su liviandad las ranas; dos mariposas se perseguían encima de un rosal.

Anatolio se había olvidado del cielo; no era el Anatolio de siempre. Una gran languidez fué apoderándose de su cuerpo, los brazos cayeron al largo, los ojos se entornaron, por los abiertos labios salían suspiros de placentera angustia. Ansias de algo desconocido, no gozado por él aun, se iban enseñoreando del mozo. Sin que él se diera cuenta su boca pronunció esta palabra: Amor.

Crujieron las ramas, y un grupo de muchachas apareció enfrente de Anatolio. Última de todas era una, que frisaría en los veinte años. Morena de tez, negra de ojos, con mucha sangre en los labios y mucha gracia en el andar, pasó por frente del astrónomo.

Este se alzó del banco y maquinalmente echó tras la muchacha.

Al ruido de los pasos de él, volvió ella la cabeza, y el idilio empezó.

Idilio de pájaros pobres, que la necesidad de ganarse la vida interrumpía con paréntesis largos.

La muchacha era modista de sombreros. Únicamente á la salida del taller podía encontrarla Anatolio para acompañarla media hora y dejarla en el portal de su casita humilde.

Para desquitarse de la homeopática entrevista tenían los domingos.

Y se desquitaban en las mismas poéticas alamedas donde se conocieron. Se desquitaban con largos apretones de manos, con besos furtivos, con diálogos que suplían la brevedad del ósculo. Sólo que tan dulces desquites, hallaban dique en la vigilancia extrema de la madre y en una hermana solterona que, por el despecho de la soltería definitiva, se había declarado, en punto de amores ajenos, la propia rigidez.

El astrónomo se casó.

CAPÍTULO V

Fué modesta la boda, sin que en ella faltara ninguna de las cursilerías propias á este género de ceremonias.

Carmen se plantó en el moño y en la pechera del vestido los ramitos de azahar; la madre ciñó -en un decir- el traje de seda no reformado de veinte años á entonces; la hermana cincuentona echó también mano de los azahares en prueba de su fósil virginidad; y la comitiva, precedida por el padrino tomó la ruta de la iglesia.

Previas las bendiciones y la plática del sacerdote y el mendigueo de sacristán y monaguillos, fueron á tomar desayuno al próximo café.

-¡Vivan los novios! -gritaba la granujería, asomándose por las ventanas del establecimiento. ¡Vivan los novios! -repetían los pobres de oficio. ¡Vivan los novios!... parecían decir con desentonados acordes el violín y el piano del café. ¡Vivan los novios! -exclamó la comitiva á coro.

Mudado el traje de ceremonia por otro más sencillo, tomaron novios é invitados, asiento en un ómnibus que los condujo á la Bombilla.

Allí lo de siempre, el tan acreditado arroz y la clásica ternera con guisantes. Hubo también, porque el padrino era rumboso, su mucho de Champagne y sus no pocas borracheras.

Tengo observado que en estas solemnidades, casi todas las personas formales, que ponen como un trapo á quienes abusan del vino, se emborrachan de un modo escandaloso y cometen en un solo día más inconveniencias y disparates de los cometidos en un año por un curda habitual.

Al son del organillo danzaron como trompos los enardecidos comensales; una señora de cien kilos y un caballero de sesenta años, bailaron sevillanas. Una escuálida señorita, de ojos pintarrajeados, se acompañó con su guitarra unas malagueñas. ¡Y qué malagueñas! Escuchándolas acababa uno hasta por aborrecer los boquerones.

No pararon ahí las habilidades y las gracias.

El esposo de la maestra de Carmen, se puso á imitar animales. ¡Cómo lo hacía el buen señor! En algunos casos era la verdad propia. Los jumentos del merendero le acompañaron apenas dió el primer rebuzno. Pero donde sobresalió, donde llegó á las cimas del arte, fué haciendo el buey.

-¡Es un buey!... ¡Es un buey de veras! -gritaba todo el mundo.

La esposa sonreía, dando su sonrisa completa razón á las afirmaciones.

Después del buey, le tocó turno de habilidades á una niña declamadora, que enjaretó á los novios versos compuestos ad hoc por un empleado del Tribunal de Cuentas, que enviaba composiciones á todos los Juegos Florales y comedias á todos los concursos.

Versos y niña recitante, corrían parejas en bondad.

Luego vino el fotógrafo; el inevitable fotógrafo; y hubo que formar corro; y mudar de posición diez ó doce veces y ponerse muy serios cuando el hombre enfocó el aparato.

Luego... Luego más vino y más baile y menos vigilancia en las madres y más afán en las hijas y novios de las hijas para tomar anticipos discretos de las bodas futuras.

Anatolio miraba á su Carmen embobado.

Y había razón para el embobamiento, que estaba preciosa la muchacha con sus ojos negros, y su boca de labios bermejos, y su cuerpo gentil y su alto pecho, temblante de emoción...

-Mira -dijo Anatolio á su novia, aprovechando un momento en que baile y vino distraían á la concurrencia.- Esto es insoportable, el que no está borracho está loco. Luego que... Vamos; que parece que nuestro cariño no precisa tan ridículos acompañamientos. Así, como distraídos, nos vamos donde están los sombreros. Tú coges el tuyo.

Yo tengo puesto el mío. Nos escurrimos en un coche y á casa. ¡Que bailen y que beban ellos!

-Pero...

-¿Qué te detiene?

-No sé... me da vergüenza...

Cedió al cabo. ¡Naturalmente!

Sin ser vistos, abandonaron la Bombilla dentro de un coche de alquiler. En él se dieron libremente, temblando de amor y de deseo, el primer beso de casados...

CAPÍTULO VI

Anatolio conoció un astro nuevo, la luna de miel.

Brilló ésta con absoluta plenitud en su cielo matrimonial durante algunos meses. Luego fué menguando poco á poco; no por falta de ilusión y de cariño entre los cónyuges; porque trabajo y necesidades la fueron recortando. No era posible en hogar humilde dedicar al amor todas las horas del día y de la noche. Anatolio volvió á sus anteojos y á sus cifras; Carmen tuvo que emplearse en la dificilísima tarea de estirar los duros y de ir preparando los primeros envoltorios para el fruto de bendición.

A los nueve meses y veintiún días de la boda vino á este mundo el primer hijo de Anatolio y de Carmen. Después de aquél, con regularidad cronométrica, todos los años aparecía un nuevo vástago en la casa.

Era fecunda, demasiado fecunda para un sueldo anual de dos mil pesetas, la esposa del astrónomo. Menos mal que ella criaba los chiquitines, y aun le daba tiempo la crianza para dedicarse al oficio y aumentar los ingresos con algunos sombreros, tan modestos como la parroquia que hacía de ellos el encargo.

Buena mujer Carmen, sobrellevaba la carga con alegre paciencia y hacía verdaderos milagros para que lo más preciso no faltara dentro de su hogar, donde á más de Anatolio, de los hijos y de ella, comían, vestían y dormían su madre anciana y la histérica solterona.

Esta última hacía en la casa los oficios del moscardón. Zumbaba y murmuraba de esta habitación en aquella, gruñendo por todo, por el llanto de los chiquillos, por las caricias de marido y mujer, por los alifafes de la vieja, por la comida, por la luz, por el aire. Hasta el aire molestaba á aquella cuarentona, falta de hombre y cada hora más y más necesitada de él.

Anatolio, vuelto á su Observatorio, volvió á su antigua sideral existencia, á su vivir apartado de la tierra casi por completo, á sus navegaciones, por los infinitos azules, á sus cálculos y problemas.

Gozaba en todo el mundo científico reputación de sabio: tenía directas relaciones con los observatorios principales del globo; poseía títulos de corresponsal en la mayor parte de las Academias, Centros é Institutos geográficos; las revistas del gremio solicitaban sus artículos; sus folletos gozaban de merecida fama. No ocurría en el espacio acontecimiento para el cual no reclamasen su concurso; ni un astro se movía en el infinito sin previa licencia de Anatolio.

Pero estas glorias y preeminencias que se traducían en diplomas honoríficos, consultas, también honoríficas, títulos académicos, cartas laudatorias, sueltos encomiásticos de la prensa y medallas de níquel, no se traducían en pesetas; y de pesetas andaba más necesitada cada vez la casa del astrónomo. Los folletos y libros de éste, que tenían inmenso valor para la astronomía, teníanlo muy escaso para editores y libreros. La parroquia sideral era muy reducida; las ediciones no pasaban de los mil ejemplares, y cuando Anatolio entraba, manuscrito en mano, por un despacho editorial, el editor, luego de contemplarle desdeñosamente y de rebajar los méritos de la mercancía, según uso y costumbre, dábale por ella una mínima cantidad, siempre inferior á las perentorias necesidades que motivaban y precipitaban el trato.

En fin, ¡qué remedio! -según decía Carmen.- Se pasará como se pueda. Dios no abandona á los que trabajan.

Ciertamente no los abandona; pero se distrae mucho; y la buena Carmen, con sus cuatro chicos, y su madre y su hermana, vivía en continuo apuro y sobresalto.

Pesa un hogar mucho por humilde que sea; es poema sublime el que realizan obscuramente las mujeres del pobre para sostener el hogar con sus brazos; para librar esa lucha ruin que se traduce en sortear deudas pequeñas, y en improvisar sin dinero libretas de pan, jícaras de garbanzos y gramos de carne.

Ver cómo se quitan diez céntimos de acá para reponerlos allá, cómo se escatiman el carbón y la luz, cómo se remienda un vestido con otro, cómo se disimula la escasez del mendrugo y la desustancia del caldo con bazofias herculianas que realiza minuto á minuto silenciosa y cachazudamente la mujer en los hogares pobres.

Así hacía Carmen sin que la sonrisa huyera de su boca y la confianza de su alma. Así transcurrían para ella los meses y los años; así con cada año nuevo venía otro hijo nuevo sin pan alguno bajo el brazo, pero con unas ganas atroces de mamar.

CAPÍTULO VII

Anatolio no se daba cuenta de la mala situación de su hogar.

Si el amor de la hembra pudo apartarle durante cuatro ó cinco meses de sus verdaderos amores, pronto volvió á ellos más enamorado, más entregado que antes, sorbido materialmente por la pasión del astro.

Cuando salía del Observatorio y tornaba á su domicilio, era viaje de sonámbulo el suyo por estas calles de Madrid.

Como un sonámbulo llegaba al portal de su casa y remontaba la escalera y tiraba de la campanilla; como un sonámbulo entraba en la reducida habitación donde le aguardaban su mujer y sus hijos. Besaba á éstos; abrazaba á aquélla; saludaba con afectuoso saludo á su suegra y á su cuñada; embaulaba el condumio y se metía en su despacho á ordenar sus diarias observaciones, ó á emborronar cuartillas para artículos y folletos.

¡Siempre igual! Su cuerpo andaba y moraba en la tierra, pero su espíritu no se movía de la altura. Tenía en los interiores del cerebro una lente, y dibujado sobre ella el mapa del espacio.

Estoy por afirmar que aun durante sus horas de matrimonial esparcimiento y de amorosas conjunciones, andaba más que en las suyas en las de un planeta con otro. Sólo que, á pesar de ello, los hijos venían puntualmente. Una vez lo hicieron á pares, niño y niña, como quien dice Marte y Venus. Anatolio la erró casándose. Hombres como él nacen para estar solos, á disposición franca del ensueño, sin trabas que les sujeten á la realidad.

¿Quién dichoso más que él cuando muerto don Lucas y enterrados los padres definitivamente, quedó libre encima de la tierra? ¡Ay si continuara soltero, sin más gastos, que los de una casa de huéspedes baratita, muy baratita, sin otras hembras que las de urgencia y ocasión, baratitas también! ¡Mala tarde la del hermoso Abril en que abandonó su Observatorio y fué á recostarse contra aquel banco del Retiro y sintió dentro de su carne el llamamiento de la primavera!

Venganza del planeta tierra, encolerizado con los desprecios del astrónomo, fué la aparición de la criatura femenina. Por sueño la tomaba Anatolio. Al presente el sueño se había vuelto mujer propia con seis hijos y añadidura de madre vieja y hermana en irremediable soltería.

Y cuidado que, á pesar de éstas y de otras reflexiones, el hombre quería á su esposa y adoraba en sus hijos. Hasta soportaba sin enfados mayores á la cuñada y á la suegra.

No le importaran á él ahogos, trabajos y materiales sacrificios si no vinieran á estorbarle en sus horas de estudio y de científica abstracción.

Esto era insufrible, y esto era lo que un día y otro ocurría en el domicilio del sabio.

Unas veces eran los chicos, rompiendo en llanto estrepitosos, ó en risas más estrepitosas que el llanto; otras, la cuñada que, á la menor contrariedad, se desgarraba en ataques de nervios coceadores y gritones; algunas, pocas ciertamente, la misma Carmen que entonaba cánticos para distraer penas y miserias. Hasta la vieja, con sus ataques de asma, solía interrumpir los éxtasis del matemático.

Pálido, nervioso, sujetándose con ambas manos la cabeza, en actitud de quien recibe un golpe, abría Anatolio la puertecilla del despacho y gritaba con suplicante voz:

-¡Por Dios, esos niños! ¡Por Dios, búscale un marido á tu hermana á ver si acaban los ataques! ¡Por Dios, Carmen, déjate de canturias! ¡Ay, doña Martina de mi alma, tome usted el jarabe á ver si le pasa la tos!... ¡Tengan misericordia! ¡No ven que de esta manera es imposible trabajar!...

Y vaya cuando la molestia venía de los de la casa. Entonces acababan mal ó bien por callarse y dejar tranquilo á Anatolio.

¿Pero quién calla á un panadero que reclama ocho días de pan? ¿Á un carbonero que sube factura en mano echando lumbre por ojos y por boca? ¿Á un tendero de comestibles que lleva dos meses sin cobrar? ¿Á un zapatero que ve sin suelas y tacones las botas que no ha cobrado aún?

Á ésos de ningún modo se les calla; y ésos daban campanillazo tras campanillazo en la puerta de la habitación, y chillaban como energúmenos, y se revolvían pasillo adentro, y llegaban á no respetar el estudio de su deudor y se presentaban frente á él puños en ristre y juramento en labios.

¡Qué desesperación en tales momentos la de mi hombre! Él que conocía ce por be todos los metales existentes en cada planeta del sistema solar, no hallaba metal alguno en sus bolsillos para tapar la boca de aquellos deslenguados, incapaces de comprenderle y, lo que es peor, de fiarle una perra por respeto á su sabiduría.

Aun así y todo, sorteado el primer achuchón, pasaba Anatolio por voceríos familiares y por juramentos de acreedores.

Por lo que no pasaba, por lo que sufría cuanto puede sufrir persona, era por otro asunto.

Sabido es que la condición de Anatolio corría parejas con la del caracol. La perpetuidad inquilinaria significaba para él el súmum de la felicidad; en su convivir con D. Lucas, los trasiegos domiciliarios constituyeron la única pena, la tremenda desventura del fámulo estudiante.

Pues bien, al año de casado fueron las mudanzas, á falta de otro muchas veces, el pan nuestro de cada día.

¿Por deliberado propósito en Carmen? ¿Por intranquila y tornadiza condición del grupo familiar? No; por necesidad y por mandato imperativo de los artículos legales que se refieren al desahucio.

¡Siempre las malditas consecuencias de vivir fuera de este mundo, con los ojos del espíritu y de la carne puestos en las constelaciones! ¡Váyale usted con constelaciones á un casero!... ¡Bueno anda el percal para volantes!

Escasa la paga, numerosa la prole, parcos los ingresos fortuítos, si para el diario pasar, sufría grandes apuros Carmen, no vale decir cómo los sufriría para echar fuera las atenciones de primeros de mes.

A ser Anatolio hombre práctico, hubiera utilizado fama, medallas y diplomas en mejorar su economía, pavoneándose ante esos ricachos que reciben á las eminencias en clase de figuras decorativas, ó haciendo rueda á algún personaje que le pagara su adulación con limosnas disfrazadas de comisiones.

¡Bueno era Anatolio para faenas de tal índole! Ni sabía que pudieran realizarse, ni, aun sabiéndolo, pusiéralas en práctica. Aquel majadero de sabio tenía dignidad. ¡Como si tal vicio se pudiera tener con suegra, cuñada, parienta, media docena de críos y cincuenta duros de sueldo! Es decir, tenerse sí se puede tener, ateniéndose á las resultas.

A ellas se atenía Anatolio. Hablo mal, las sufría cuando llegaban; y siempre que llegaban le causaban una sorpresa grande.

Embebido en sus cálculos y en sus estudios, los sucesos pasaban por él como por el mármol el agua, resbalando, sin penetrarlo. Carmen le ocultaba el peligro segura de que no lo había de evitar. Sólo cuando la cosa no daba espera, cuando, no pagado el mes vencido, se entraba en el siguiente, y el alguacil presentaba á Anatolio, la papeleta de desahucio, caía éste en la cuenta.

Entonces comenzaba la inquisición para él.

¡Hay que mudarse!... ¡Hay que mudarse! murmuraba al salir del juzgado municipal. ¡Mudarse!... ¡Qué horror! ¡Hallar dinero para la mudanza, qué hazaña!

Y sin disminuir sus lamentaciones, revolvía la tierra, en el firmamento no hay de qué, para aportar recursos. Los aportaba al fin malvendiendo algún manuscrito, empeñando ropas, y lo que es más duro, instrumentos, pidiendo al habilitado anticipos. Después... después, ¡á la mudanza!, ¡á la horrible mudanza!; á recorrer plazas y calles estirando el cuello, dilatando los ojos, subiendo escaleras, huroneando habitaciones, hasta dar con domicilio, si no conveniente, posible.

En seguida á avistarse con el dueño de la finca, ó con el administrador ó con el portero, á dejar la señal para que quitasen los papeles, á pagar mes adelantado y de fianza, á firmar él contrato y á hacerse entrega de las llaves.

Á continuación en busca del carro de mudanza donde nunca entran todos los muebles por escasos que sean; á pelearse con los mozos, que de todo gruñen y para todo exigen propina; á pasar tres ó cuatro días mascando basura, ordenando papeles; y terminado todo, á desplomarse contra un mueble, rendido del insoportable trajín, asqueado de aquella polvorienta realidad, tan lejana y distinta de su cielo, amueblado con astros que espolvorean, sobre la tierra partículas de luz.

Esto ocurría hoy; y, á los tres, á los cuatro meses, cuando el sabio, vuelto á su vivir extraterreno, hallábase más engolfado en los éxtasis siderales, torna á la citación y torna al juicio de desahucio, y torna á recorrer calles y á firmar recibos y andar con carros y mozos de mudanza, entre una nube de polvo y una montaña de papeles y pingos.

-¡Ay, Dios mío! ¡Dios mío! -gritaba Anatolio,- la ostra sin valvas, el caracol sin concha, el judío errante del inmueble. Dios mío, causa desconocida que riges y gobiernas los orbes, ¡haz que concluya mi insoportable trajinar! Este infeliz astrónomo no te pide oro, ni glorias, ni marido para su cuñada, ni esterilidad para su mujer. Sólo te pide un rincón, un rinconcito, del que no le hagan salir nunca. ¡Un rinconcito sin casero, sin alguaciles y sin campanillas!

Era su oración de todas las noches.

CAPÍTULO VIII

En noche de Enero ocurrió el solemne acontecimiento. Tratábase de la aparición de una estrella, señalada cincuenta años atrás por un astrónomo del Observatorio de Greenwich, la cual estrella se mostraría, según cálculos de su descubridor, el 21 de Enero á las 10 horas, 4 segundos y 5 tercios de la noche.

Del señalamiento de la estrella al arribo de su luz á los hombres habían de transcurrir cincuenta años, y eso que la luz anda la friolera de 77.000 leguas por segundo. Convengamos en que era un viaje regular.

Anatolio pasó el día muy desasosegado por culpa de unas malditas nubes que ocultaban de tiempo en tiempo los azules celestes. Si aquellas nubes se condensaban al venir el crepúsculo y cubrían totalmente el espacio, iba á serle imposible presenciar el alumbramiento astronómico.

¡Qué mayor desdicha para él, para todos cuantos debían asistir, por invitación de la ciencia, á aquel parto del infinito!

Anatolio, que no había dormido en el transcurso de la noche anterior, no comió ni almorzó en el famoso día 24. Al obscurecer estaba ya en el Observatorio revisando sus álgebras, limpiando las lentes del anteojo, enfocándolo con el punto matemático donde había de aparecer la estrella.

Por fortuna las nubes se fueron corriendo hacia los límites del horizonte. Á las nueve habían desaparecido. El cielo, tachonado de estrellas, se extendía apacible, purísimo ante los ojos del astrónomo.

La hora solemne estaba á punto de sonar. Sobre la lente del anteojo se dibujaba un círculo obscuro donde astro ninguno aparecía. En el centro mismo de aquel círculo había de mostrarse la estrella.

-¡Las diez! -gritó un astrónomo.

-Uno, dos, tres, cuatro segundos. Un tercero, otro, otro... los cinco.

La estrella apareció. El sabio de Greenwich no había errado en una milésima de tercero.

Cuando sus colegas abandonaron el Observatorio, Anatolio no quiso acompañarles. Permaneció abstraído delante del anteojo, devorando con la pupila á la nueva criatura celeste.

Era noche de las frías de invierno; deshecho en partículas microscópicas andaba el hielo por la atmósfera y entrando por los ventanales de la torrecilla observadora, regalábala una temperatura de 4 bajo 0.

Anatolio no se enteró. Contemplaba al astro novel, seguía uno á uno los temblores rápidos de su luz, la coloración de sus rayos, el suave resplandor que, en torno suyo se esparcía, los primeros gritos luminosos de aquel infante sideral.

Y transcurrieron horas. Únicamente cuando las blancuras del amanecer se dibujaron hacia el Este, cuando la luz de la estrella se desvaneció, sorbida por el primer aliento solar, se retiró el sabio de su anteojo.

Un escalofrío recorrió entonces su cuerpecillo mal arropado en un gabán del Águila.

-¡Hace frío! -exclamó. Y abandonó el Observatorio dando diente con diente.

Al llegar á su domicilio tuvo que meterse en la cama, temblando, con una calentura de 39 grados y seis décimas.

Los dulces del bautizo del astro fueron para Anatolio una pulmonía.

No salió de ella. Tenían muy poco aguante sus pulmones. para tan serio envite y Anatolio se acabó deprisa, muy deprisa.

Poco antes de morir una gran tristeza se dibujó en sus ojos llenos de bondad. Rodeaban su cama la esposa y ocho criaturas. ¿Qué sería de aquel nidal cuando muriera el padre? Dos lágrimas anchas rodaron por las pupilas del astrónomo, y dió principio su agonía.

Durante ella, no quedó viva en aquel cerebro más que una idea, la de que con la muerte llegaba para él un descanso definitivo. Con la de su casa al sepulcro, hacía la mudanza postrera. ¡No más mudanzas!...

Expiró sonriendo.

La pobre Carmen, agotando todos los recursos posibles, dispuso para su marido un entierro decente y le alquiló nicho en una patriarcal.

El día del entierro, sí. El día del entierro fueron detrás del pobre Anatolio, todas las corporaciones científicas y no científicas, el señor ministro del ramo y un sin fin de personas que al reclamo de los periódicos se creyeron obligadas á acompañar de muerto, á quien ni conocieron, ni entendieron ni ayudaron de vivo.

El ministro pronunció un discurso encomiástico, y el ataúd del sabio entró en las negruras del nicho.

CAPÍTULO IX

Muerto el padre, el nido humilde sustentado por él, se fué deshaciendo poco á poco. Resbalando de rama en rama, llegó á esos espacios donde la miseria negra devora las cosas y los seres.

¿Qué fué de ellos? ¡Quién sabe! Es muy hondo el abismo donde rematan esas caídas; flota sobre él un cortinaje sombrío, hecho con lágrimas, con gritos de hambre, con acentos de amargura y desesperación.

Es muy difícil penetrar en las regiones donde pronuncia el abandono su última desgarradora frase. En estas regiones se fueron hundiendo poco á poco Carmen y sus hijos.

No pensemos en ellos más.

¿Quién pudiera seguir su viaje por el mundo?

No es fácil seguir el viaje de las hojas marchitas que el huracán va empujando, empujando siempre, sobre la tierra enfangada por los chaparrones de Otoño.

Allá van hasta que un pie las pulveriza ó un boquete las traga.

Pobres hojas; bien hacen quejándose agriamente cuando ruedan y ruedan dibujando trágicos remolinos, al ras de la tierra fangosa.

CAPÍTULO X

Después de su muerte comenzó para Anatolio la verdadera dicha. La tarde del entierro escuchó desde su ataúd la oración fúnebre del ministro, y tuvo para reir un rato; el que tardaron en acomodarle dentro de su nicho y tapiar éste con ladrillos y yeso.

¡El buen ministro, aquel señor, que en su vida las vió más gordas, hablando de ciencia astronómica y de los trabajos y libros de Anatolio que iba citando uno por uno! ¡Trabajillo debió costarle aprenderse de memoria la lista de los libros al excelentísimo é ignorantísimo señor! ¡Un sujeto que sólo sabía dividir á sus administrados, hablando de matemáticas sublimes y de constelaciones!... Era para estallar.

Eso hizo Anatolio, estallar, parte por obra de la risa, parte por expansión de los gases amontonados en su cuerpo.

Luego, ante el ruido del cortejo alejándose, una risa irónica contrajo los labios descoloridos del cadáver. Toda aquella gente, que había gastado seis pesetas en coche para acompañar al astrónomo muerto, no se las hubieran dado para comer, al astrónomo vivo.

En fin, ya no era ocasión de ocuparse en tales asuntos; pertenecían ellos á la vida mortal de Anatolio. Ahora había que ocuparse de otra vida, de la que se vive durante el día en los interiores del ataúd ó de la tumba y durante la noche en las calles del cementerio.

Del ataúd no tenía queja el difunto. Era lo bastante ancho y lo bastante largo para que el cuerpo pudiera revolverse y pudrirse con perfecta comodidad.

Además, las tablas mal unidas, y los ladrillos mal trabados, dejaban ver por rendijas y grietas la ciudad de los muertos. El nicho ocupaba el último tramo de la fúnebre estantería. Un goterón formado entre las tejas, oficiaba de ventana abierta en dirección del cielo.

Este goterón era en las épocas de lluvia grave inconveniente. El agua entraba á chorros en nicho y ataúd, y el cadáver de Anatolio se ponía como una sopa. En cambio en las horas de sol, rayos áureos bañaban el domicilio y el cielo servía de espectáculo á las pupilas del astrónomo.

De crepúsculo á crepúsculo los cadáveres permanecían en sus habitaciones. Ni uno solo asomábase á los miradores de nichos, sarcófagos y fosas. Á tales horas realizan sus visitas los vivos; habían quedado muy hartos de los vivos los muertos para volver á verlos.

El trajín de los muertos comenzaba con el arribo de la noche.

En las de luna era dulcemente poética la visión de la ciudad fúnebre. Los cipreses, plateándose por los extremos de las ramas, relucían como joyeles; airones eran cuando los sacudía el aire. Los rayos suaves de la luna quitaban dureza á mármoles y bronces, difuminando sus contornos. Los fuegos fatuos, flotando aquí y allá, parecían estrellas caídas á la tierra desde las alturas del cielo. En las noches obscuras, ellos alumbraban el paisaje.

En las noches de tempestad, los cipreses abrían sus ramas que golpeaban el espacio, revolviéndose unas contra otras, encrespándose, destrenzándose en la negrura como cabelleras fantásticas; las hierbas tenían vaivenes y rumor de oleaje; el viento rugía por entre mármoles y bronces; las junturas de las piedras exhalaban quejidos, los fuegos fatuos brillaban en la obscuridad, como pupilas asesinas de fieras.

Por aquellos paisajes, unas veces suaves y melancólicos, otras amenazadores y trágicos, andaban los muertos paseando sus cuerpos á medio corromper ó sus amarillas osamentas.

La noche primera de su estancia en el camposanto, Anatolio recibió visitas de cumplido, hechas por los vecinos y las vecinas de su calle.

Ellos le pusieron al tanto de la existencia que en aquel mundo se llevaba, y luego de ofrecerle sus habitaciones respectivas, se retiraron cortésmente.

Anatolio recorrió la ciudad, y se hizo cargo de los inquilinos.

Poco más ó menos, procedían las criaturas muertas como las criaturas vivas. Había entre ellas diferencias de clase; los cadáveres de mausoleo, no se trataban con los de tumba y nicho; los de tumba y nicho no querían nada con los de la fosa común; formaban grupos aparte, según su posición mortuoria; y se despreciaban y se odiaban unos grupos á otros, ni más ni menos que en la tierra.

Había entre aquella carroña envidias, rencores, vanidades, disensiones, luchas hueso á hueso. Hasta vió á dos cadáveres masculinos reñir combate singular por un esqueleto de mujer.

«Francamente, se dijo Anatolio, estos señores no merecen la pena de trabar con ellos amistades. Afortunadamente en nuestro mundo hay libertad y no le obligan á uno á tratarse con quien no quiere. Buscaré un lugar solitario donde nadie me estorbe y á nadie estorbe yo, y en paz con todos y allá cada cual con su genio».

El lugar fué un rinconcillo apartado del cementerio, junto á las ruinas de un mausoleo construído en forma de torre. Estas ruinas se alzaban entre unos cipreses enanos y sobresalían por ellos. Las grietas y salientes formaban como una escalera que permitía llegar sin grandes trabajos á la cúspide de la fábrica.

-Calla -dijo Anatolio- este mausoleo es un Observatorio excelente.

Y volvió á su nicho y se acostó en el ataúd frotándose las manos.

CAPÍTULO XI

Vida feliz la de Anatolio en aquel nicho que la buena de su mujer le había alquilado por diez años. Mientras el difunto se entregaba á éxtasis deliciosos, su cuerpo iba descomponiéndose lentamente, sin que su descomposición perturbara el recogimiento. Hasta los gusanos comían silenciosos, sin molestar. Por fin, el hombre caracol, la criatura ostra, había encontrado lugar en consonancia con sus aficiones y aptitudes.

Ajustado el ataúd entre las paredes del nicho; ajustado el cuerpo entre los tablones del ataúd, ni á vaivenes ni á golpetazos tenía que temer.

Allí moraba libre de todo ruido y de toda importunidad. Allí no había chiquillos gritones, ni mujer cantarina, ni cuñada histérica, ni suegra asmática. Allí no venían carboneros, zapateros y tenderos de comestibles. Cuando venían lo realizaban en clase de cadáveres sin recibos y facturas entre las manos; allí no había campanillas; allí no se alzaban las sombras crueles de los caballos y carros de mudanza; los espectros bestiales de los mozos cargadores y descargadores de D. Federico del Rieu.

De sol á sol nadie interrumpía las meditaciones de Anatolio.

Al principio, durante los meses primeros siguientes á su defunción, oía sollozar al pie de su lápida. Miraba por las rendijas de nicho y ataúd y contemplaba á su mujer y á sus chicos mayores trajeados de luto.

La mujer puesta de rodillas lloraba y rezaba; los niños corrían por entre las tumbas persiguiendo las mariposas.

Esto fué los primeros meses. Luego nada, ni mujer sollozando al pie de la lápida, ni chiquillos persiguiendo mariposas entre las tumbas.

Cuando moría el sol, cuando las últimas luces del crepúsculo se desdibujaban hasta desvanecerse en las tapias del cementerio; cuando el imperio de la noche despotizaba la fúnebre ciudad,

Anatolio salía de su nicho y se dirigía, por las menos frecuentadas calles, hacia el observatorio.

Abría el cortinaje verde que formaban los cipreses enanos y se detenía ante la ruina adornada con hiedra. Puestos los descarnados pies en grietas y salientes y ayudándose con los brazos, ascendía á la vieja torre y tomaba asiento en sus cuarteadas almenas, cruzando una choquezuela con otra.

Ya en el Observatorio enderezaba las cuencas vacías de sus ojos al espacio infinito é iba recorriendo las constelaciones, los ejércitos astronómicos agrupados como en torno de un jefe, en torno del astro principal.

Orgullo sentía el difunto al ver, con el mirar superhumano de la muerte, que no se había equivocado cuando de vivo reconstruía con su imaginación el ser de los astros.

Sus ensueños eran realidad. Todos aquellos mundos criaturas vivientes; vasos de múltiples y de variados existires. Los grupos minerales y las familias animales y vegetales triunfaban en ellos como en nuestro planeta. Sólo que eran superiores en todos los rasgos y caracteres de forma y de substancia, á los del mundo terrenal.

No habían sido creados los astros por Dios para que el hombre, contemplándolos, se diera cuenta de la omnipotencia divina. Habían sido hechos para realizar labor fecunda y progresiva en beneficio del gran todo, en provecho de los fines universales que Anatolio ni después de muerto, podía ni sabía alcanzar.

Pero si no alcanzaba á tanto, alcanzaba al vivir de esos mundos y veía con los mirares de su espíritu como todos, al presente aislados, desconocidos unos de otros, iban evolucionando, progresando, aproximando la hora en que llegarían á comunicarse, á entenderse, á ser como ciudades del espacio infinito. Los habitantes de aquellas ciudades, los similares del hombre en tales mundos, podrían andando los tiempos, ir de astro en astro, como van hoy de ciudad en ciudad los habitantes de la tierra. Al presente cada astro necesitaba hacerse dueño de sí mismo, poseerse absoluta y completamente. De ahí su aislamiento. Las criaturas superiores, nacidas en cada uno de ellos, habían de realizar esta labor antes de emprender otra.

Cuando fuera pleno el dominio, cuando en cada planeta nada quedara por dominar y por descubrir, las criaturas superiores sentirían el ansia de conocer los otros mundos y hallarían modo de llegar á ellos, de relacionarse con ellos.

Entonces... Entonces ya no sería el universo más que una gran familia de criaturas luminosas que se saludarían fraternalmente de un confín á otro del espacio.

CAPÍTULO XII

Así transcurrieron diez años. Anatolio era un purísimo esqueleto; pero era cada minuto más feliz. Y como ocurre cuando pasan los malos tiempos, uno de sus goces mayores estaba en recordar los malos tiempos.

Podía hacerlo sin temor. Al país de la muerte no llegan las molestias y contrariedades del mundo de los vivos. Aquel vocear de los hijos que le arrancaba de sus meditaciones; aquel refunfuño perpetuo de la cuñada, necesitada de varón, aquel cantar sus apuros en Carmen, aquel meterle su tos por las orejas de la suegra achacosa, eran asunto terminado.

Tan acabado como los ahogos de entrada de mes, y los insultos del zapatero, y las amenazas del tendero de comestibles, y las facturas de la carne y del pan y las citaciones de desahucio.

¡El desahucio!... Aun se le crispaban los huesos al evocar la terrible palabra.

Aun se veía por calles y plazas buscando habitación, subiendo escaleras, firmando contratos, siguiendo de un lado á otro el carro de mudanza entre el gruñir de los mozos y el polvoriento zarandeo de trapos y cacharros y muebles.

¡Qué horror!... Por fortuna aquello había concluído para siempre jamás. ¡Para siempre!...

Anatolio al repetir la frase «Para siempre jamás» se estiraba voluptuosamente dentro de su ataúd.

Era al concluir de la tarde. El esqueleto de Anatolio dormía. Los rayos del sol, penetrando por los rotos de su ataúd, habían calentado sus huesos, y una laxitud, una pereza deleitosa se había apoderado de toda la osamenta.

Un rumor de voces que sonaban al pie del nicho despertó al astrónomo; incorporóse lentamente y puso las órbitas en una grieta de la lápida para ver quién turbaba su sueño.

Eran el conserje del cementerio y un canónigo, administrador de la sacramental.

-Nada; nada -oyó Anatolio que decía el canónigo.- No valen disculpas. Hace nueve días que cumplió y el nicho nos está haciendo falta. El alquiler era por diez años.

-Es...

-No admito explicaciones. Si no hiciese falta podía dejársele unos meses; pero haciendo falta no hay prórroga. Aquí está el resguardo, «29 de Ene... etc.» Estamos á 8 de Febrero. De modo que se le han concedido diez días de atención. Si no vienen á pagar no es nuestra la culpa. Ya lo sabe usted. Á este D. Anatolio Fernández y Rodríguez, mañana mismo, en cuanto amanezca le pone usted los huesos en el pudridero.

Los dialogantes se alejaron.

Fué espanto, ira, desesperación todo junto lo que sintió el esqueleto de Anatolio.

Sus puños crispados golpearon violentamente la lápida que saltó en cien pedazos rota; su calavera asomó por el hueco. Un gesto de trágica ironía contrajo el maxilar, rechinaron los dientes, la boca se abrió, y Anatolio, extendiendo las manos, clavando en el infinito las cuencas vacías de sus ojos, gritó con espantoso acento:

-¡Pero ¿también aquí!...